Vanessa Di Paolo

COME UN CAPPOTTO
IN PIENA ESTATE

Titolo | Come un cappotto in piena estate
Autore | Vanessa   Di   Paolo
In copertina opera di Tamara Minchella
ISBN | 979-12-21443-14-1

Youcanprint
Via Marco Biagi 6 73100 Lecce
www.youcanprint.it
info@youcanprint.it

CAPITOLO I

La matita rossa

Cos'è un uomo?

Cos'è che lo rende diverso da un peluche, da un pezzo di carta, da una ruota di scorta?

Perché a volte diventiamo pane, nutrimento, ninnananna per gli altri e altre volte affamiamo, assordiamo, depauperiamo le loro vite?

Dove risiedono, dove coabitano la tenerezza e il realismo? Dove albergano la logica dei
pensieri e gli svarioni del cuore?

Gionatan non si era mi hai posto queste domande. Erano domande troppo scomode, troppo dannose per trovare riparo, albergo nella sua statuaria incertezza fatta di luoghi comuni e di rassicuranti spazi inviolabili.

Il ricco e il povero; il bene e il male; lo sconfitto e il vincente erano categorie chiare nella sua mente, non assimilabili, non soggette al compromesso della compassione.

Nessun terremoto, nessuna scossa avrebbe dovuto o potuto scuoterlo e dissuaderlo dalla sua ragione. Questo continuava a ripetersi balbettante la sua mente; mentre la sua mano continuava a stringere, compulsivamente, sempre più forte una matita rossa.

Uno stridore di freni lo distolse dai suoi pensieri …

Si affacciò alla vetrata del suo lussuoso studio, quasi infastidito, per capire cosa fosse successo. Due automobilisti gridavano, insultandosi pesantemente. Quel rumore, lo scosse dalla sua falsa ragione, spalancandogli all'improvviso, le fauci della memoria.

Era il 1999. Gionatan aveva 16 anni e suo fratello Nico solo 7. Naturalmente la differenza d'età ma anche il tempo della vita erano diversi. Non abbastanza, però, da impedire che fra Nico e Gionatan si fossero creati una complicità e un affetto profondissimi.

Quella mattina di settembre, Nico, era particolarmente contento perché stava per uscire un altro episodio di Star Wars e lui ne era appassionato.

Mentre attraversavano la strada, Gionatan ascoltava orgoglioso quel cucciolo di uomo. All'improvviso un pirata della strada piombò su di loro e investì Nico in pieno. Fu un attimo, solo un attimo, ma bastò per cambiare le loro vite. Mentre l'automobilista fuggiva, Gionatan si accorse che lo zainetto di Nico era volato via. Poco più in là, vide il suo astuccio e sull'asfalto una matita rossa. "Nico, Nico, dove sei?

Nico? Piccolo dove sei?"

Lo strombazzare del clacson lo riportò al 2019. Gli automobilisti continuavano a litigare, bloccando il traffico. Erano passati solo una manciata di minuti ma sufficienti a restituirgli tutto il dolore di una vita spesa a non ricordare. In realtà non c'era un solo giorno in cui Gionatan non pensasse a Nico, al suo zainetto, al suo astuccio, alla sua matita rossa.

E con tale consapevolezza, ogni giorno, Gionatan era sempre più determinato a creare un muro spesso e impermeabilizzato a qualsiasi goccia di dolore.

Avendo perso tutto in pochi attimi, credeva che non fosse possibile confidare nella stabilità dell'esistenza.

Il disturbo post traumatico da stress (DPTS), da cui era affetto, lo portava a sviluppare disturbi affettivi ed instabilità affettiva. Questa intrinseca "argillosità" e questa incapacità di relazionarsi con il futuro e con il prossimo, lo inducevano a sostenere l'esigenza di

catalogare e categorizzare le situazioni, le persone, i concetti. Non era motivato dal razzismo o dal pregiudizio ma era sospinto, quasi ispirato, da una necessaria e ordinata disposizione dell'esistenza, che in lui diventava urgenza del vivere. Riteneva che il mondo fosse un luogo pericoloso e rissoso, al punto da rendergli difficile fidarsi degli altri. In mezzo al caos sopraffacente del vivere sentiva il bisogno di dare un posto ad ogni "cosa" dell'esistere.

Ma in quella grondante mattina, fradicia di ricordi, limpida di dolore si sarebbe trovato davanti ad una situazione che la sua geometrica certezza non prevedeva.

Era qualche giorno, ormai, che l'aveva notata quella donna. Una figura elegante, minuta, col suo argento tra i capelli e dal passo lento e gentile. Di solito si

sedeva sulla panchina dall'altro lato della strada, ma questa mattina si era seduta sulla panchina che stava proprio sotto casa sua. La pioggia stava per congedarsi e mentre si proponeva un timido sole, la donna chiuse il suo piccolo ombrello azzurro; permettendo a Gionatan di riconoscere il suo volto. Un volto rassicurante, familiare, eppure così improvvisamente sconosciuto, forestiero, ameno.

La guardò, la riconobbe. Era la signora Valentina.

La vita di Gionatan era scandita da gesti quotidiani semplici ma programmati. Si svegliava alle 7.30, si preparava con cura e poi alle 8.30 andava nel solito bar a fare colazione. Salutava cordiale e indossava il suo sorriso migliore, dietro al quale, nessuno sapeva quale dramma si celasse.

Ma c'erano delle mattine in cui i suoi piani erano sconvolti da una passione segreta. In quelle mattine si svegliava, si preparava, saliva in macchina e raggiungeva una piccola ma deliziosa libreria fatta in legno. La libreria "Parole e vento". Parcheggiava, entrava nella libreria e con passo veloce e deciso si dirigeva verso la sezione dedicata ai thriller psicologici.

Era come se in quei libri, attraverso quei personaggi e i loro labirinti interiori, cercasse di scrutare anche le luci e le ombre del suo animo; senza mai, però, davvero, riuscire a guardarsi dentro. Era così melmosa la sua memoria, che i ricordi facevano fatica a respirare.

"Ha trovato quello che cercava?" gli chiedeva orgogliosa, Valentina, la proprietaria. Ma era solo una domanda retorica, perché lei sapeva esattamente che Gionatan e non solo, avrebbero sempre trovato il loro libro, il loro riverbero interiore. Curava quella libreria, da ormai 35 anni, con dovizia di particolari e con una predilezione per tutti quei libri che raccontavano le imprese dei navigatori.

Era Valentina. Non c'era dubbio. Mentre la guardava, Gionatan, capì in pochi attimi, perché fosse seduta lì, su quella panchina. Nelle vicinanze c'era un grande supermercato che metteva da parte alimenti per i poveri.

Povero! Quell'immagine, quella proiezione non era confacente al suo mondo. Perché quella donna era lì? Come era arrivata fino a lì?

Mentre Luca, il ragazzo del supermercato, le dava il sacchetto del cibo, sentì, in un solo istante, che i loro tre mondi si stavano impavidamente incrociando: il suo, quello di Luca e quello di Valentina.

Il supermercato dove lavorava Luca aveva ideato un piano per far fronte agli sprechi e ai bisogni dei poveri. Lasciava loro i prodotti in scadenza e li preparava in appositi sacchetti. Chiunque lo desiderasse poteva pagarne uno e donarlo a chi ne avesse avuto bisogno. Era un po' come la meritoria tradizione napoletana del caffè sospeso ma in questo caso si trattava di un sacchetto di viveri.

La prima volta che Luca vide tra gli scaffali del supermercato Valentina, prendere quel sacchetto, si sentì male, provò un senso di vertigine. L'aveva sempre vista tra gli scaffali della sua "Parole e vento", tra carta e inchiostro, tra velieri e caramelle, tra legno e matite colorate.

Era troppo ingiusto. Lui doveva fare qualcosa. Luca decise che l'avrebbe aspettata fuori da quel supermercato e le avrebbe consegnato quel pacchetto pagato, come un dono d'amore e d'amicizia. Voleva alleviarla quanto e se possibile. Valentina non si sarebbe dovuta vergognare, certo … Ma lui, Luca, poteva fare qualcosa in più per lei. E lo fece.
Luca …

Gionatan non aveva mai fatto caso, davvero, a quel ragazzo. Sì certo, lavorava nel grande supermercato della zona. Riteneva fosse professionale, gentile, educato. Ma, in fondo, era solo un commesso fra tanti altri.

Ma nello stesso momento in cui Gionatan lo vide fare quel gesto verso Valentina, la signora Valentina, imparò a guardarlo con occhi diversi, quasi nuovi, autentici.

Cosa avrebbe dovuto fare ora lui, sì lui, Gionatan? Quel gesto l'aveva sconvolto. La dignità con cui quella donna aveva preso quel dono; ma anche la tenerezza con cui Luca glielo aveva porto, sconvolsero quella autunnale mattinata di dolore e di pioggia. Qualche goccia stava attraversando quel muro, il suo muro, ed era una sensazione a cui non si sarebbe mai voluto lasciar andare. Pensava di non poterselo permettere, Gionatan.

Realmente, cosa ne sarebbe stato del suo cuore? Lui doveva proteggerlo, ne aveva solo uno. Eppure era evidente, ormai, che nel suo lavoro era stato davvero poco diligente.

Ma che fare ora? Se fosse sceso per salutare Valentina l'avrebbe potuta turbare e questo certo non lo voleva. Poteva ignorarla.

In fondo solo lui e la sua coscienza erano a conoscenza di quell'inaspettato incontro di vite. Strinse forte la matita rossa. Indossò il suo cappotto nero e uscirono lui e il suo coraggio.

"Signora Valentina, è lei, vero?". Valentina lo guardò tra lo stupore e l'imbarazzo. Siiii, sono io, Valentina e …

"No, disse Gionatan, interrompendola benevolmente".

Valentina lo aveva riconosciuto subito. Era un uomo bellissimo, sicuro, elegante. Guardandolo da vicino si era accorta che portava sulla pelle il segno di qualche passata bufera: una cicatrice sulla tempia destra.
Una di quelle bufere che la vita, riflessa allo specchio, scatena ogni giorno.

Era l'uomo del cappotto nero col collo rialzato che le chiedeva, con l'entusiasmo di un bambino, l'ultimo thriller psicologico.

Ma ora davanti alla vita si presentavano semplicemente come Gionatan e Valentina. L'uomo dei muri e la proprietaria della libreria "Parole e vento".

Spiegare perché Valentina fosse lì, sarebbe stato troppo ingiusto: un sovraccarico di dolore su spalle già indebolite. Lui non lo chiese, lei non lo disse. Fece un solo gesto, Gionatan, l'unico che ritenesse consono, degno, umano, gentile: le porse il braccio. E la portò via da quel presente così saturo di ombre.

Tornando a casa Gionatan si sentì un uomo migliore?
Diverso? Nuovo? Forse si sentì un po' meno solo e meno rabbioso verso la vita e soprattutto verso se stesso, che solo apparentemente amava così tanto.

Quel coraggio di vivere le emozioni, senza rammarico o involucro, lo avrebbe aiutato più di quanto avesse potuto immaginare, forse, lo avrebbe riportato a casa ….

Mentre tornava alla scrivania del suo studio pensava che questo non era il tempo della paura, era il tempo della simbiosi. Mercoledì Valentina lo aspettava. Avrebbero ricominciato, insieme, a respirare la vita?

Capitolo 2

Il veliero "innamorato"

Le sue manine scorrevano sul filo dei pensieri quasi fossero seta. I suoi pensieri si intrecciavano a quelli dei protagonisti come fossero corde a tre capi. Gli occhi, pregni di fantasia e di sole, scrutavano ogni parola come se fosse l'ultima al mondo. La piccola Valentina amava i libri con la stessa passione con cui il cielo ama le stelle. Non c'era giorno in cui lei e i suoi libri non trovassero tempo e spazio. Non c'era giorno in cui quelle manine, quei pensieri e quegli occhi non imparassero a dissetarsi di storie, di avventure, di riflessioni, di digressioni sulla vita e sui suoi volti. I profili e i fili dell'esistenza acquisivano per Valentina sempre meno le fattezze del mistero.

Ma c'era qualcosa di ancor più inestimabile e impareggiabile valore, perfino più indimenticabile della bellezza della sua passione.

La casa d'infanzia di Valentina parlava il linguaggio dei sogni. Suo padre, Edoardo, era un modellista di antichi velieri in legno. Il profumo del legno, il senso dell' avventura, gli spazi infiniti, il pericolo, il coraggio creavano in lei, bambina, un universo fatto di meraviglia e di grazia. Spesso si ritrovavano, lei e suo padre, in prossimità di storie affascinanti e imprevedibili tra galeoni, vascelli e velieri. Quei velieri "innamorati" della vita le lasciavano una scia di futuro.

Crescendo, però, quelle mani si ritrovarono a lottare contro ben altri pericoli e a doversi armare di ben altro coraggio. Il linguaggio non fu più quello dei sogni ma degli incubi. E non andò più a lezione d'amore...

Eppure il linguaggio dei sogni, il linguaggio di suo padre, sapeva ancora contrappuntarsi a tutto quel male. Quell'amore tramandatole per la bellezza e per la libertà le resero ancora più insopportabile la la sua prigione, e più urgente l'evasione.

Il marito l'aveva edotta ed introdotta alla violenza, istruendola con precisione. Una brutta ma accurata lezione. Della violenza ne conosceva i passi, i rumori, l'odore. Distingueva con familiarità il sapore salmastro e sanguinolento di quelle parole mozzate, come fossero prigioniere condannate alla ghigliottina. Le era familiare il cuore accellerato, quando rientrava a casa. Sapeva interpretare, prima ancora che si palesassero, quegli sguardi feroci e taglienti e quelli imploranti e sarcastici che annunciavano nuove terribili tempeste.

Valentina si era sposata molto giovane. Scoprì ben presto che il marito era un uomo anaffettivo, orgoglioso e spesso violento. Era un uomo che considerava i sentimenti zavorre e non velieri. Pensava che fossero i deboli a mostrare sentimenti e che Valentina non fosse altro che una debole. La trattava senza rispetto, non le attribuiva dignità e spesso la faceva piangere.

Valentina si domandava, frequentemente, perché non avesse compreso prima che uomo fosse. Forse la morte del padre e il terribile abisso che aveva lasciato, l'avevano resa più vulnerabile. Forse se avesse... ?

Poi un giorno non se lo chiese più e si riprese la sua vita. Decise di lasciarlo e lui non glielo rese per niente facile.

Da questo matrimonio nacque Sara. Nacque per amore ma in mezzo al dolore. Valentina trovava in lei la forza di resistere ma anche la ragione per restare in quel matrimonio, un luogo inospitale. Sara fu lo stesso motivo per cui lo lasciò.

Quell'uomo intossicava le loro vite con la violenza e il disprezzo. E lei e Sara morivano ogni giorno di più.

Sara ora vive a Torino. Si è trasferita lì per amore. Un amore puro e bello che le dà gioia. Sara è consapevole che quella gioia è il risultato del coraggio di sua madre e quando la felicità, le fa visita, i suoi occhi, spesso, si riempiono di lacrime.

Valentina capiva le persone, le amava, ne riconosceva il valore e ne sapeva apprezzare le sfumature.

La sua "Parole e vento" era un caleidoscopio d'umanità.

La prima volta che Valentina vide la sua libreria, o meglio quella che sarebbe divenuta la sua libreria, provò uno strano senso di disagio. Il posto le piacque. Era vicino ad una scuola elementare, era sulla piazza e c'era una "buonissima" pasticceria e lei era molto golosa. Ma nei suoi progetti, non aveva mai voluto quei colori, quei profumi, quell'atmosfera. Comprese subito che sarebbe stata diversa, la sua libreria. Scelse prima di tutto il nome: "Parole e vento".

Le parole, d'altra parte, erano quelle che puntellavano la sua vita, fin da bambina. E il vento era l'artefice di ogni storia e di tutto il tempo passato insieme ad esplorare ogni mondo possibile. Aveva riversato su quella libreria ogni propaggine di sé. I velieri, i libri, la passione per la vita si concretizzavano fra quelle mura che per lei, ormai, rappresentavano un porto, un approdo sicuro.

La sua libreria non sopravvisse alla tempesta tecnologica, all'ebook, all' e-commerce, e ai venti del cambiamento.

Tutta la poesia, la passione, le iniziative, la fatica del fare non le bastarono per non finire sugli scogli.

La sua vita era profondamente cambiata. A volte, Valentina, si rivedeva bambina davanti ad una cioccolata calda, al caldo legno di un veliero e si ritrovava ad ascoltare commossa e grata il suo passato. Quelle parole continuavano a riecheggiare e a darle la forza di lottare. Quel vento, spesso, la sospingeva verso nuovi orizzonti. Riuscirà a salpare di nuovo?

Capitolo 3

"Parole e vento"

Tra gli scaffali della libreria "Parole e vento" si annidavano futuri pezzi di vita che aspettavano solo di essere conosciuti. Si tenevano in aspettazione pagine ansiose di mischiarsi alle vite reali, alle vite segrete, alle vite in costruzione.

Una vita in costruzione era sicuramente quella di Luca. Un talentuoso adolescente che frequentava la libreria "Parole e Vento".

Valentina, la "tesoriera" della libreria, aveva sempre sviluppato come un sesto senso nei confronti della vita: il senso dell'umanità. Non di ciò che è umano ma di ciò che ci rende umani.

Valentina riusciva a carpire da piccoli gesti e da velature dello sguardo, verità che discorsi interi, non avrebbero palesato abbastanza. Guardava le persone, le viveva. Sembrava quasi, che le sentisse camminare dentro di sé: quando rumorosamente, quando in punta di piedi.

Nel corso dei giorni, dei mesi, degli anni sentì nettamente anche i passi di Luca. Quella che era solo una sensazione primigenia, si rivelò essere una dinamica realtà.

Di cosa era vestito Luca? Di cosa è vestita una vita?

Luca era vestito di ricordi, di nuvole e di balloon.
Balloon di dialogo, balloon di pensiero, balloon dal contorno tratteggiato. Luca era vestito di colori e di disegni, di tavole e di immaginazione, di ritmi narrativi e di personaggi.

Luca era un fumettista o meglio amava illustrare la vita "tra le nuvole".

Ma la sua testa non era tra le nuvole e soprattutto non lo era il suo cuore.

Mentre porgeva a Valentina il sacchetto del supermercato che le aveva preparato, i contorni della sua mente tratteggiavano perimetri ben definiti.

Il suo cuore non si mostrava né svampito, né avulso dalla realtà del suo passato.

Come nascono le passioni? Per eredità, per affinità, per curiosità, per simbiosi? La bizzaria della vita ma anche la sua stupenda capacità di sorprenderci ed emozionarci avevano regalato a Luca un'intelligenza emotiva straordinaria che in lui si traduceva in un'intensa passione per i fumetti.

Suo padre era un accordatore di pianoforti e la mamma era un'insegnante di storia dell'arte.

Consapevole dell'intimo segreto che appartiene alla musica e del valore della rappresentazione grafica imparò, già da bambino, a commentare e ad ascoltare il mondo, intorno a sé, con sagacia ed eleganza. All'inizio era un modo per comprendere il mondo e decodificarlo, poi divenne un modo per difendersi e reinventare la sua storia, le storie di tutti coloro con cui veniva a contatto.

Ma quando la sua storia si incrociò con quella di Valentina la sua passione per i fumetti acquistò una vitalità creativa più matura, più cosciente, più personale.

Valentina in Luca rivedeva se stessa bambina. Sapeva esattamente cosa significasse essere appassionati. Aveva sperimentato, sulla sua pelle offesa, quanto il brulicare della vita, fatto di sogni, potesse accompagnare un'esistenza intera e sostenerla, corroborandola.

Apprezzava le persone che, come aveva fatto lei, perseguivano le loro passioni, le sentivano ogni giorno con reiterato entusiasmo, e ne aspettavano ogni sorprendente alba.

Luca, nella sua libreria, poteva dissetare la sua passione per i fumetti. Nella libreria "Parole e vento" c'era sempre una fonte di ispirazione, un ruscello di fantasia e di bellezza creativa maieutica.

Ma Valentina fece di più. Lo aiutò a guardare il mondo da altre prospettive.

"Che storia stai scrivendo?" Un giorno gli chiese. "Dove trovi la tua ispirazione?"

"Non so" rispose Luca. "A volte il mondo mi sembra troppo grande per entrare nelle mie nuvole. E' come se dovessi adeguare la mia fantasia alla realtà. Questo non significa che scriva cose immaginarie ma a volte la mia gioia di vivere, sembra non basti per dar forma alla realtà. Succedono cose talmente brutte e io vorrei spiegarle attraverso i miei disegni, le mie storie. Ma è come se la bruttezza prendesse il sopravvento sulla creatività, soffocandola."

"Sai Luca", le disse Valentina, "esistono animali che imitano l'aspetto e il movimento di altri animali e altri che aderiscono a qualsiasi superficie. Penso in particolare al polpo mimetico e al geco. Tu Luca, non devi essere un imitatore, e non devi aderire a qualsiasi superficie. Ma devi scoprire chi sei ed esprimerti per ciò che sei. Le chiavi sono due: rispettare te stesso e gli altri.

Qualunque situazione tu debba affrontare non devi mai fare compromesso con te stesso, neanche per perseguire i tuoi sogni. Solamente in questo modo non permetterai che i tuoi sogni soffochino nello stagno della mediocrità, nello stagno di chi non sogna.

Certamente Luca, è importante che tu provi empatia, partecipazione emotiva. Ma è anche fondamentale informarsi.
Perché accadono determinate cose? Cosa le anima? Le muove? Sono tante le sfaccettature da cui e con cui confrontarsi.

Scrivi, disegna, racconta. Ma per dare forma alle tue storie e riempire le tue nuvole è necessario essere informati e possedere una coscienza critica".

Ogni volta che Luca incrociava con lo sguardo quelle parole, una commozione profonda e adulta allagava la sua giovane mente. Cominciò a non essere più fagocitato dalle situazioni, dagli avvenimenti, dai sentimenti ma a viverli con una diversa cognizione. Questo era evidente anche dai suoi disegni, dalle sue storie, dall'eroismo morale dei suoi balloon.

I suoi fumetti trattavano tematiche forti e si armavano di tutta la potenza che solo una mente permeabile al dolore, non refrattaria all'introspezione, sapeva produrre.

La sua famiglia lo aveva sempre sostenuto. Lo aveva consolidato. Gli aveva dato la certezza che la sua casa era il loro cuore. Questi punti di riferimento, seppur nella transizione dell'adolescenza, divennero pilastri, colonne su cui fare affidamento, ogni volta che crescendo veniva sottoposto alle scosse dell'esistenza.

La sua prima grande delusione la provò quando capì che il merito non era abbastanza. E che la sua passione avrebbe dovuto pagare un prezzo per cui non era disposto e soprattutto predisposto.

Ricordò le parole di sua madre: "Non devi avere margini di corruttibilità. Apparentemente potresti sembrare un vincente. Ma, vedi Luca, col tempo divoreranno prima la tua stabilità, poi la tua gioia e infine anche quel sogno puro, per cui sei entrato in contatto con il male, diverrà un ammasso informe e maleodorante".

Non era questione di adattabilità o di evoluzione, voleva, seppur nella continua ricerca di se stesso, restare coerente.

Ma Luca non si arrese mai. Studiò e si laureò in Scienze Sociali. E non smise mai di studiare.

Ci fu un momento, però, in cui le ingiustizie della vita lo posero dinanzi ad un bivio.

Quel dolore lo avrebbe inaridito, stravolto? Lo avrebbe potuto indurre a tradire se stesso? Lo avrebbe permesso?
Che forma avrebbe preso quel dolore? Che forma avrebbe dato al suo dolore?

Decise che quel dolore ed ogni altro dolore, avrebbe preso forma nelle sue nuvole, che avrebbe preso la forma delle sue nuvole. Avrebbe "denunciato" , "contestato", "annoverato". Le forme che il suo dolore prendeva, avrebbero dato la voce ai suoi personaggi. I suoi personaggi avrebbero trovato voce attraverso la forma che il suo dolore prendeva.

Ideò una nuova serie di fumetti. Una serie prodotta dalla vita.

Intanto le conversazioni con Valentina, una saggia e "vecchia" amica, continuarono nel corso degli anni ad accompagnare le sue scelte e lo aiutarono a crescere.

Venne a conoscenza della chiusura della libreria "Parole e vento" in maniera assolutamente inaspettata. Sapeva che c'erano delle prospettive negative per Valentina e per la sua libreria. Naturalmente da buoni amici ne parlavano. Ma era convinto che una soluzione si sarebbe potuta trovare. Fu molto dispiaciuto quando una mattina, alla ricerca di un'altra fonte d'ispirazione, trovò
la libreria chiusa.

Non era mai successo. Ormai erano quasi 35 anni che Valentina accoglieva, consigliava, diventava quasi un mentore per chiunque non cercasse solo un libro ma un universo da condividere. Un universo - pane da spezzare per tutti i commensali invitati alla tavola dell'incanto.

Venne a conoscenza in maniera ancora più inaspettata e sconvolgente della situazione di impoverimento di Valentina. Pur di salvare la sua libreria, Valentina, investì fino all'ultimo risparmio e quasi fino all'ultimo respiro.

Ma Luca non poteva sopportare che quella "donna miliare" nella sua vita, potesse essere oltrepassata, archiviata, obliata.

E non lo fece. Luca non la dimenticò.

Capitolo 4

Micro-cosmi

Mentre Gionatan guardava dalla vetrata del suo appartamento quella scena, non poteva certo immaginare quali sentimenti profondissimi e consolidati appartenessero a quel gesto. Non conosceva ancora Luca, il brillante fumettista che per mantenersi lavorava nel grande supermercato. Sicuramente non conosceva i suoi sogni, non conosceva i sacrifici che aveva fatti per laurearsi e specializzarsi. Non conosceva le sue nuvole.

Ma presto, tramite Valentina, le loro vite avrebbero cominciato a mischiarsi, a sostenersi, a conoscersi.
Ogni mercoledì, ormai lo sappiamo, Valentina e Gionatan si scambiavano un pezzo di vita.

Un giorno Valentina sentì il bisogno di spiegare, di esprimere ciò che difficilmente era esprimibile. Tutto quello che al loro inaspettato incontro non era stato detto, non era stato chiesto.

Forse parlarne l'avrebbe aiutata ad affrontare il vissuto. Forse affrontare quel dolore avrebbe dato a quel mondo perduto: una nuova possibilità.

Come i velieri della sua infanzia avrebbe preso e tracciato nuove rotte. Avrebbe esplorato nuovi mondi.

E nel suo mondo, naturalmente, un posto lo aveva anche Luca.

"Parole e vento" non era fatta solo di carta e di inchiostro ma di micro-cosmi. Ed erano proprio quei micro-cosmi che mancavano a

Valentina. Le mancavano i discorsi, i passi, i profili, i fili di sorrisi che in quei 35 anni avevano reso la sua vita un crocevia di emozioni, di memorie e di futuro.

Un giorno Gionatan troverà il coraggio per parlarle di Nico e della sua matita rossa?

Capitolo 5

Il tempo del coraggio

La mente di Gionatan era dentellata, appuntita, tagliente. La forbice della sua mente tagliava con cura qualunque filo volesse legarsi, osasse legarsi alla sua esistenza così malamente rammendata. Fili di pensieri, fili di sentimenti, fili di sguardi ai quali Gionatan non concedeva alcuna possibilità di futuro, alcuna speranza. La sua vita era aggrovigliata, avviluppata ad un unico sentimento che sconcertava chiunque ne fosse coinvolto.

Gionatan provava un fortissimo senso dell'abbandono. Pensava di non meritare l'affetto degli altri, non si riteneva degno del loro affetto. All'inizio investiva nei rapporti umani, ma più la relazione era importante più frettolosamente e meticolosamente cercava di distruggerla, di sfilacciarla. Essere abbandonato dalla persona che amava gli creava un dolore fisico, quasi uno spasmo. Anche solo l'idea che potesse accadere, lo immobilizzava, lo atterriva, lo ripiegava in se stesso. Lo riduceva alle fattezze di un contorsionista che deve entrare in una scatola.

Il suo comportamento lo trascinava verso una profondissima solitudine e il suo sconcerto aumentava quando restava solo con se stesso. Evitava di restare solo con se stesso, non sopportava il suono dei suoi pensieri. Non sopportava l'assolo dei suoi insani ricordi. Era un suono che conosceva troppo bene. Ma quel suono non lo accompagnava, lo tormentava: gli molestava l'anima. Inquinava acusticamente le sue giornate così limpide di dolore.

Se voi l'aveste visto vi sareste innamorati di Gionatan. Ma come in uno specchio deformato l'immagine interiore era deturpata dalle rughe del cuore.

Il senso della perdita, il senso dell'abbandono si palesavano con forza ogni volta che il suo coraggio veniva meno. Era come se il coraggio di vivere latitasse per paura di essere chiamato in causa davanti al contingente dell'esistere.

Lui non sapeva proteggere nessuno. Lui non poteva proteggere nessuno. Non sapeva neanche farlo con se stesso, l'aveva dimostrato. Lo stava dimostrando. Si stava forse, sufficientemente, proteggendo dall'entrata in scena del dolore, dalla dinamica dei ricordi? No, stava permettendo che il sole cocente di un'inaspettato incontro d'umanità, lo ustionasse.

D'altra parte, non era per colpa sua che Nico era morto? Non era stato abbastanza protettivo, non aveva visto quella macchina, non l'aveva sentita arrivare, non aveva tenuto abbastanza forte la sua mano. Non era per colpa sua che...

L'automobile, mentre stavano passando sulle strisce pedonali, invece di rallentare, accelerò. La vita di Nico si fermò per sempre. Uscì di scena.

Da quel giorno Gionatan non fu più lo stesso. Ascoltava ma non comprendeva. Guardava ma non vedeva. Era come se i suoi sensi fossero intorpiditi, come se quel momento repentino e drammatico, si fosse dilatato fino al tempo infinito della sua vita quotidiana.

Giorni, mesi, anni ad ascoltare il ricordo di una voce ancora troppo piccola per spegnersi in una mattina d'autunno. Era come se Nico si fosse solo interrotto, ma dovesse finire di raccontare di Star Wars, dei suoi compagni di scuola, dei suoi disegni e della sua matita rossa. Quella matita rossa, sempre perfettamente temperata, che usava per sottolineare il suo libro di narrativa.

Chissà, si chiedeva spesso Gionatan ...

forse sarebbe diventato un insegnante, un critico letterario o semplicemente un appassionato lettore di saggistica. Ogni tanto, ma non troppo spesso, quando entrava nella libreria "Parole e vento" si concedeva qualche minuto fra gli scaffali dei libri di narrativa. Ne sceglieva con cura uno, lo prendeva in mano, lo sfogliava, sorrideva e a volte decideva di comprarlo, per Nico.

Quando arrivava alla cassa, con il suo thriller psicologico, Valentina, si sorprendeva di vedere anche un libro di narrativa per bambini.

A volte gli avrebbe voluto chiedere. "E' per suo figlio, è per suo nipote?" Ma poi, seppur a fatica, si
tratteneva dal farlo.

In fondo si diceva fra sé ... Vale, è vero sono anni che frequenta la libreria e in fondo lo vedi ogni due settimane ma è una persona molto riservata e questa è una domanda troppo intima.

Ma quell'uomo, umanamente, la intrigava. Comprendeva che dietro alla perfetta facciata, c'era un mondo in subbuglio, in ebollizione. Un mondo né perfetto, né pacificato. Ma addentrarsi senza essere stata invitata, non era opportuno, non le apparteneva, non le afferiva.

Al corso di formazione per brokers finanziari, Gionatan, aveva conosciuto Luana. Come descrivervi Luana? Luana era una ragazza molto femminile, forte e determinata. Entrambi dopo la facoltà di Economia e Commercio aspiravano a diventare dei brokers finanziari. Un ruolo per il quale erano assolutamente tagliati.

Gionatan si era profondamente innamorato di Luana. Amava i suoi lunghi capelli, amava i suoi grandi occhi e il senso di bellezza che lasciava inintorno a sé. I loro discorsi erano profondi, intensi ma restavano sempre sotto la soglia di osservazione di Gionatan.

Col passare dei mesi, lui, si accorse che Luana aveva compromesso ogni sua difesa. E che era arrivato il tempo della verità. Una verità che non era ancora, pervicacemente, disposto ad affrontare, ad elaborare, ad ammettere soprattutto con se stesso, a sé stesso.

Fece l'unica cosa che non avrebbe dovuto fare. Riprese le forbici della sua mente, le impugnò e tagliò anche quello splendido, bellissimo filo di gioia profonda.

La lasciò. Luana era uno specchio. E lui non aveva voglia di specchiarsi. Neanche in lei!

Luana lottò per il suo amore, soffrì per lui, cercò di rassicurarlo ma poi capì che la loro vita insieme era legata ad un filo ormai volutamente reciso. Ed accettò la perdita, lo fece, come un giardiniere accetta una grandinata distruttiva sui suoi Lilium.

Ancora una volta la forbice della sua mente aveva operato il suo rito di distruzione. Con Luana, Gionatan, aveva trovato il tempo del coraggio, ma non quello del perdono.

Un giorno, Luana, entrando nello studio di Gionatan vide sullo scaffale della libreria, fra libri di economia e finanza, psicologia, thriller, qualcosa che non aveva mai notato prima. Vide un libro che apparentemente non armonizzava con il resto. Non armonizzava con gli altri libri, non armonizzava con il vissuto di Gionatan ma soprattutto non armonizzava con l'uomo che conosceva.

In realtà quel libro non lo aveva mai visto, perché era la prima volta che Gionatan lo metteva sulla libreria. Era la prima volta che lo metteva esposto alla vista degli altri. E non è impropriamente che ho scelto il termine esposto.

Con quel gesto, arrendevole, si esponeva al ricordo, alla dinamica dei ricordi, alle domande sui ricordi, al calore dei ricordi. Si esponeva al confronto.

Sapeva e sperava che Luana se ne accorgesse. Lei era una grande osservatrice, contava su questo. Non le sarebbe sfuggito quel libro, non avrebbe potuto ignorare quell'impercettibile ma disperato grido di aiuto.

Gionatan voleva dare un'opportunità al suo amore.
Luana era l'unica che l'avesse meritato, con cui volesse ricominciare a pensare al passato per un futuro insieme.

"E questo libro, tesoro?"

"Ah sì." disse Gionatan. La sua voce era tremante e rea di speranza. "E' un ricordo."

"Te lo ha regalato qualcuno quando eri piccolo?"

"L'ho regalato io. Ma … non ho potuto darglielo mai. Credo gli sarebbe davvero piaciuto".

"Perché non hai potuto darglielo e a chi?"

Lui tremava ancora di più, e non era solo la sua voce a tremare.
Stavano traballando tutti i recinti del suo cuore, ad uno ad uno. Era
indifeso, era esposto all'amore puro di Luana ma anche alla sua vora-
gine interiore. Sarebbe sprofondato? Avrebbe permesso a Luana di af-
ferrargli la mano per non sprofondare? Oppure l'avrebbe tirata giù con
sé?

Era il tempo del coraggio. Voleva parlare di Nico e come se lo voleva. Nico era in ogni suo gesto, in ogni sua parola, soprattutto, in
quelle non dette. Era in tutti quei pensieri in attesa di giustizia a cui
non osava dare udienza.

Gli raccontò, un po' balbettante, di quella mattina di settembre. Lui
sempre così sicuro quasi non riusciva a trovare parole, lettere, frasi:
per spiegare, per condividere, per capire, per farsi capire, per scegliere
di ricordare.

Ma non era ancora il tempo del perdono.

Provò una neonata gratitudine verso Luana.
Anche lui poteva provare dolore e amare, ora lo ricordava.

Quel senso di colpa, però, fagocitava ogni propaggine di cielo, tar-
pava ogni volo. Limitava ogni progetto di volo, escludendo Luana
dalla sua vita.

E non solo lei...

I genitori di Gionatan seppero dell'incidente mentre stavano par-
lando con alcuni ospiti.

Erano dei turisti inglesi che avevano deciso di passare gli ultimi giorni di vacanza nell' agriturismo dei genitori, posto sulle colline umbre.

Una telefonata li convocò all'inferno.

Gionatan andava a trovare i suoi genitori, qualche volta, durante l'anno. Ma non troppo spesso.

I giorni del ritorno erano scanditi da lunghissimi silenzi, sguardi bassi, gesti mozzati. I loro cuori erano congelati dal dolore. Faceva tanto freddo anche ad agosto.

La casa, impregnata di ricordi, era quasi insopportabile da vivere. Ognuno soffriva in modo diverso e affrontava in solitudine il proprio buio, il proprio abisso, la "porosità" del proprio cuore. Assorbivano quella liquida disperazione, come tazze di ceramica sbeccate.

Nel momento in cui la sofferenza condivideva la stessa stanza, l'ingombrante dolore non trovava posto per ogni singolo dolore e implodeva dentro ognuno di loro, accecandolo, disidratandolo, sconquassandolo.

Capitolo 6

Impronte

Marco svegliati, Marco non te lo dico due volte.
Marco è ora di andare a scuola, alzati!"

Marco avrebbe voluto che quel giorno non fosse mai cominciato. Marco vedeva il sole come una minaccia. Era il prologo del suo incubo, di ogni incubo. Marco non era pigro, Marco non era negligente, Marco non era apatico: Marco era vittima di bullismo.

Ogni giorno rappresentava per lui la dichiarazione di guerra dei suoi compagni, la disfatta della sua dignità, il punto di partenza di ogni sua sofferenza. Quel sole minaccioso gli annunciava il suo dramma. Un dramma interiore, taciuto, strisciante che gli avvelenava, senza antidoto, ogni battito di ciglia del cuore.

Se Marco avesse potuto, se Marco avesse saputo soffocare quel sole, forse, avrebbe allontanato da se stesso tutto quel dolore; forse il gioco crudele della vita avrebbe scelto un altro bersaglio.
Ma la testa sbattuta contro il muro era la sua, gli insulti era indirizzati alla sua persona, il ghigno della vita guardava lui, ancora lui, dritto negli occhi. Se avesse potuto cambiare strada, se fosse potuto fuggire lontano da tutto quel disprezzo, se avesse potuto …

La scuola si avvicinava, il suo cuore rombava di dolore, il suo passo era già stanco. Cominciò a sudare a freddo e a chiedersi quando e se sarebbe finita quell'agonia. Salì le scale, attraversò il portone e si diresse sperduto verso la sua classe. Si
bloccò sulla porta e …

"Papà, papà. Svegliati papà. Dobbiamo andare al mare". Era la voce della piccola Greta che lo svegliava dai suoi incubi. Era la voce di sua figlia, il suo capolavoro. Era una giornata piena di sole. Ma questa volta il suo cuore accolse il sole come un vecchio amico. Lo aspettava una giornata fatta di sabbia, di vento, di coccole, fra castelli e tuffi. Lo aspettavano la piccola Greta e tutti i suoi giganti sogni.

Intanto Giulia, la mamma di Greta, nella stanza accanto preparava i suoi giochi. Il suo sguardo li coccolava da lontano.

Ogni volta che pensava a se stesso bambino, ogni volta che pensava al piccolo Marco, la mente faceva fatica a sostenerlo, le gambe della sua mente tremavano, facendogli quasi perdere l'equilibrio.

Guardando Greta pensava che mai lei avrebbe dovuto subire, provare quella pesantezza che solo certi dolori sanno restituire. Avrebbe parlato con la sua Greta, l'avrebbe ascoltata, avrebbe capito i suoi perché e i suoi no. Avrebbe riflettuto sui suoi silenzi e avrebbe saputo accogliere le sue giovani lacrime.

Non avrebbe dato per scontato che la vita a volte è così ... Non era la vita. Non era il destino. Quel bullismo aveva un volto, un mittente, un interlocutore e non era il nulla. E soprattutto non era una cosa da nulla.

"Papà perché il sole ...? Perché il mare ...? Perché le stelle ...?" Era nella fase della scoperta la piccola Greta, nella fase in cui ogni sguardo è una promessa d'amore. Gli occhi con cui Greta guardava il mondo erano così puri e innamorati, ancora. Greta stava insegnando a Marco ad amare
la vita.

Mentre camminavano insieme sulla riva, Marco, si accorse commosso delle impronte che i piedini di Greta lasciavano sulla sabbia. Poi, vide le sue impronte: grandi, forti. Si accorse in un attimo, durato un' esistenza, quasi intera, che era cresciuto. Marco era un uomo. Non era più il bambino sudato e tremante che apriva la porta della sua prigione.

Avrebbe voluto dire tante cose a quel bambino.

Avrebbe voluto rassicurarlo, renderlo più forte, abbracciarlo. Avrebbe voluto dargli dei consigli, sussurrargli forte il coraggio di denunciare, asciugare le sue lacrime.

Ma di una cosa era consapevole. Le violenze subite da quel bambino non gli avevano impedito di diventare un uomo, un padre. Non lo avevano reso inabile alla vita e all'amore.

Era riuscito a riprendersi la sua vita, a strapparla dalle dita del suo cerbero passato. Anche se, nel suo profondo, qualche traccia era rimasta, qualche impronta.

Accanto alla sua Greta ora, però, vedeva su quella spiaggia altre impronte più grandi, più vere, più nitide. Erano le impronte che stavano lasciando il futuro e forse anche il perdono.

Capitolo 7

Il tempo del perdono

"Pronto?" dall'altra parte gli rispose la voce di una bambina.

Quella voce lo intenerì. Pensò alla voce interrotta di Nico e a quella tenera di futuro che lo accoglieva. Una voce dal passato, inconsapevole del passato, ma latrice di speranza.

"Ciao Greta, sono Gionatan".

"Ciaooo, zio".

"Greta chi è al telefono? Pronto?"

"Ciao Marco. Sono Gionatan."

Quel Gionatan? Si chiese fra sé Marco. Ma era solo una domanda retorica. La sua voce era inconfondibile. I ricordi che aveva lasciati erano nitidi nella mente di Marco, quanto la sua voce.

Marco e Gionatan si erano conosciuti circa un anno prima. Ed erano diventati grandi amici. Marco era il fratello di Luana, la fidanzata di Gionatan. Entrambi avevano un vissuto doloroso che seppur in modo profondamente diverso dovevano perdonare.

Mentre Marco aveva trovato la sua stabilità accanto a Giulia e alla piccola Greta, nella vita di Gionatan c'erano ancora tanti fili di vita in sospeso.

Marco continuava ad avere incubi, ma nel quotidiano riusciva a fare scelte sagge. Fra gli incubi del passato e le gioie profondissime del presente, si era concesso l'opportunità di amarsi. Per mano lo teneva la piccola Greta con i suoi "giganti sogni".

Gionatan era ancora prigioniero del suo cerbero passato.

Ma i tempi e le forme del perdono, come i tempi e le forme del dolore, erano realmente diverse.

Marco doveva perdonare gli aguzzini delle sue violenze. Imparare a volersi bene al di là di come lo avevano fatto sentire per anni gli altri. Trovare nel suo cuore, tra falsi sentieri, la strada maestra della libertà dallo spettro del passato.

Gionatan doveva perdonare se stesso. Perdonarsi, comunque, per qualcosa per la quale non aveva colpa. Ma era come se l'essere sopravvissuto gli imputasse ogni giorno la colpa di esistere. E forse chi soffre vuole sempre trovare una ragione al suo dolore.
E Gionatan, stoicamente, lasciava che i genitori la imputassero a lui. Ma questo stillicidio bucava quotidianamente le pareti del suo cuore. Quella forza morale, quell'eroismo non erano, propriamente una scelta di vita, ma una coercizione deputata ad ottemperare all'implacabilità di una tempesta di sabbia pullullante di batteri.

Entrambi, però, dovevano scegliere di vivere il tempo del perdono.

"Ciao Gionatan".

"Marco, dimmi di Luana … Come sta?"

"Luana non vive più a Bologna. Si è trasferita per lavoro a Milano. Ma io la sento ogni giorno. Sai che rapporto abbiamo."

"Certo, ed è uno dei motivi per cui mi mancate tutti così tanto. Tu, Luana, Giulia, la piccola Greta. Io non dimentico quanto affetto e amore ho ricevuto da ognuno di voi. Lo so, sono stato io ad allontanarmi da tutti voi. Ma non dimentico."

Nella mente di Marco le parole di Gionatan si sovrapponevano al viso in lacrime della sorella. Luana, per mesi, aveva pianto per la perdita di quell'amore. Era ancora in lutto per la morte di quella prepotente bellezza.

I sentimenti di Marco erano contrastanti. Ma, Marco, aveva imparato a dare possibilità ai tempi della vita e a non pregiudicarli per il giudizio o per il pregiudizio del passato.

"Tu come stai? " gli chiese Marco.

"Io sopravvivo in tutti i sensi. Ma sono stanco di continuare a schivare la felicità o comunque si chiami. E Luana rappresentava esattamente questo per me: la felicità".

Io non capisco. Ma allora perché? Perché l'hai lasciata? E poi in quel modo, incomprensibile.
Marco non lo chiese. Avrebbe voluto, ma lasciò che il tempo concedesse risposte. Opportune? Sicuramente necessarie.

" Gionatan ti fa piacere se ci incontriamo?"

" Certamente Marco. Domani alle quattro davanti alla pasticceria "Deliziosa"."

La pasticceria "Deliziosa" pensò Marco fra sé …

La pasticceria "Deliziosa" era una storica pasticceria accanto alla scuola elementare di Marco e alla libreria "Parole e vento". Erano tutti nella stessa piazza. Era solo una pasticceria ma per Marco la "Deliziosa" era molto di più.

Era un carico di ricordi dolorosi e di sentimenti negativi che gli fecero per qualche secondo battere più forte il suo coraggioso cuore.

In quel pomeriggio di maggio Marco e Gionatan si scambiarono la vita, si ascoltarono, si parlarono per capirsi.

Parlarono di Luana e di quel filo spezzato, di quell'amore sorpreso da un cuore ghiacciato.

Ma Gionatan gli parlò anche di Valentina e di Luca e del loro incontro così commovente e destabilizzante. Gli spiegò che la loro amicizia lo stava aiutando a riprendere in mano ago e filo.

Non voleva più tagliare, voleva ricucire. Voleva che la sua mente trovasse nuovi modelli da indossare.

Valentina … Marco ricordava quella donna così gentile. Raramente dopo la scuola si fermava nella sua libreria. Appena gli era concesso scappava a casa a piangere nella sua stanza, sempre troppo esposta al sole.

Luana era più piccola di lui. Ma i bambini sanno riconoscere il dolore, e lei lo riconobbe e lo consolò come poté. Spesso entrava in stanza e si accoccolava silenziosa accanto a suo fratello.

Un giorno la maestra di Marco chiese ai suoi alunni di portare un tema. L'argomento su cui lavorare era il rapporto tra il viaggio e la fantasia.

Quella mattina uscendo da scuola, Marco, decise che sarebbe entrato nella libreria "Parole e

vento".

Era un posto in cui gli veniva sempre regalato un sorriso.

Valentina gli consigliò alcuni libri … fra cui quelli di Salgari e di Verne. "Il potere della fantasia" gli disse "non ha muri e li può oltrepassare". Questo pensiero, ancora un po' fumoso, gli divenne sempre più chiaro e più caro e gli fece buona compagnia.

Decise che avrebbe fatto qualcosa anche lui per Valentina e avrebbe aiutato anche Luca.

Marco era diventato un brillante giornalista di cronaca e teneva una rubrica tutta sua che era molto seguita. Ne fece tesoro, di questo seguito, per lasciare un monito. Il suo aforisma era: "Non sprecare la tua vita per la povertà altrui".

Contattò Luca e d'accordo col suo direttore gli commissionò una serie di fumetti.

Il tema era il bullismo. La sua esperienza personale e la sensibilità grafica di Luca avrebbero creato la perfetta fusione necessaria a scuotere le coscienze narcotizzate ed assuefatte al male quotidiano.

Luca dedicava il suo tempo ai bambini. Era felice quando li vedeva usare matite e colori per disegnare e per dare forma ai loro nuovi sogni e alla loro tenera fantasia. Desiderava trasmettere alle future generazioni il valore del coraggio. Un coraggio che può passare anche tra le nuvole. Un coraggio tratteggiato con una matita rossa.

Luca collaborava con Valentina e insieme trovavano ogni giorno il nutrimento per i loro sogni.

Valentina aveva salvato dal nubifragio della sua vita molti libri. Libri- tronchi che galleggiavano nella sua anima allagata di speranza.

Marco e Gionatan decisero di organizzare un giorno dedicato a Valentina. Riscattarono la sua libreria e la inaugurarono. Valentina ricominciò a parlare la lingua dei sogni.

Nella libreria "Parole e vento", aveva ricreato uno spazio - tempo dove leggeva e raccontava i "suoi" libri. Sugli scaffali ormeggiavano dei velieri di legno, di caldo legno. E a chi lo desiderava, nei giorni un po'sonnolenti, veniva offerta una cioccolata calda e il regalo di un sorriso.

La pasticceria "Deliziosa" era sempre lì a ricordare che ogni tanto bisogna volersi un po'più di bene.

Gionatan tornava all'agriturismo dei genitori ogni volta che poteva. Stava imparando ad amarsi e a perdonarsi.

Un giorno una macchina entrò dal cancello del suo agriturismo, parcheggiò e dalla macchina scese una ragazza con i capelli lunghi e gli occhi grandi.

Era un giorno tiepido d'aprile. Erano tornati Luana e il suo arcobaleno.

Capitolo 8

Fili di parole

Il tempo passato con Valentina, era un tempo artigiano.

Mani sapienti stavano dando forma al dolore di Gionatan, cesellando spazi vuoti e pieni di un'anima in costruzione.

Ma chi si celava dietro al suo dolore? Chi era l'artefice del suo abisso?

Mentre Luca mostrava a Valentina i suoi ultimi lavori, Gionatan fu attratto da una foto che Valentina teneva sulla libreria.

Valentina, le chiese, fra lo stupore e lo sconcerto, ma tu conosci mia madre?

Tua madre?
Sì. La ragazza ritratta in questa foto accanto a te, è mia madre!
Tu, sei il figlio di Lucrezia!? Sorprendente! Ora capisco da chi hai preso quei begli occhi. In realtà la prima volta che sei entrato in libreria, ho riconosciuto in te un profilo familiare.
Ho provato uno stato d'animo che non saprei definire, una sensazione di stordimento. E il suo volto si rabbuiò.

Io somiglio molto a mia madre, disse Gionatan, abbassando lo sguardo quasi intenerito. Ma perché non mi hai chiesto se ero suo figlio?

Valentina fece una dolorosa ma necessaria pausa… Ho imparato che certe domande è meglio che restino sulla soglia, se non sei pronto ad ospitare le risposte. Non ero pronta a saperlo!

Valentina, io non capisco.

Io e tua madre ci siamo conosciute in biblioteca, io e i miei libri, disse sorridendo ed alzando le spalle, come una bambina che ritorna fra i suoi giochi preferiti.

Stava facendo una ricerca per la sua tesi e tu eri molto piccolo e anche la mia Sara era piccola. Era difficile incontrarci, così abbiamo iniziato un'amicizia epistolare. E' stato il periodo più bello ma anche il più tragico della mia vita.

Gionatan non la interruppe… Le paratie del cuore erano crollate. Nelle mie lettere, prima solo sussurrando, poi urlando, sbattendo i pugni, riempiendo le pagine di singhiozzi, le scrivevo delle devastanti, umilianti, spaventose violenze di mio marito.

Non potevo trovare conforto più grande. Non potevo trovare un cuore più attento. Io devo, a tua madre, la mia libertà e quella di Sara.

Mi diede il coraggio di fuggire, senza guardarmi indietro e di ricominciare, di riprendermi la mia vita. Lucrezia, bellissima e coraggiosa.

Io ho un ricordo preciso, disse Gionatan. Mamma, seduta sul divano, mentre legge una lettera asciugandosi le lacrime. Eri tu che le scrivevi? Le sue lacrime erano per te!

Sì, per me e per Sara.

Le tue lettere hanno scandito anche le nostre vite, tu sei stata importante per me, prima ancora che ti conoscessi.

Sapevamo che mamma aveva un'amica che ogni mese le scriveva e comprendevamo che per mamma la vostra amicizia era molto preziosa. Ma certo, non avrei mai potuto immaginare che dietro quelle righe ci fossi tu, che quella Valentina fossi tu.

Poi la nostra vita fu stravolta e anche quei fili di parole si spezzarono, si recisero, restarono sole e senza ali, senza cielo.

Valentina sentì il bisogno di sedersi. Ti riferisci alla morte di tuo fratello, vero?

Gionatan le prese le mani, l'aiutò ad alzarsi e l'abbracciò forte, come proteggendola.

Luca, li guardava… Un'emozione delicata ma tenace attraversò la stanza che travolse anche il cuore di Luca. Un cuore, il suo, grato per poter essere stato spettatore di questo vorticoso valzer dei cuori. Luca diede asilo a quel ricordo, come il cielo trova dimora per il più accesso dei tramonti.

Tornando a casa Gionatan si rese conto, che da quel pomeriggio di disvelamento, sarebbe scaturito qualcosa di sconvolgente. Ma non ne comprendeva ancora la portata, lo straripamento, il soqquadro che avrebbe arreccato alla sua mente ancora pericolante.

C'era qualcosa in quella foto che aveva messo in moto la dinamica dei ricordi e che non lasciava scampo alla quiete.

Nella foto c'era qualcosa di inquietante. Ma cosa?
Nell'immagine, in primo piano, c'erano le due donne ma è
quello che c'era sullo sfondo che cominciò a tarlare i suoi sogni: un'automobile argento metallizzata parcheggiata dall'altro lato della strada.

Quella notte Gionatan ebbe un incubo spaventoso. Si svegliò grondante di paura, affamato di risposte.

Quell'argento lui l'aveva già visto. La forma di quei fari risvegliava in lui un senso di nausea, di dissociazione.

Perché? A chi apparteneva quell'automobile? Che ruolo aveva nella sua vita? Aveva qualche relazione con le due donne nella foto?

Capitolo 9

Macbeth

Quindi Gionatan è il figlio di Lucrezia, si ripeteva attonita, incredula Valentina.

Aveva già percepito la fenditura che si celava dietro quel sorriso sicuro, ardito, sapeva smascherare il segreto dolore, ma ora ne comprendeva la causa, la genesi.

La morte di Nico rappresentò un prima e un dopo nella vita di Lucrezia e non solo nella sua.

L'ondata del suo dolore travolse tutto quello che abitava nel suo cuore: affetti, luoghi, persone, con la stessa veemenza distruttrice con cui un uragano abbatte alberi, case, vite. Tutto venne incenerito dal suo dolore. L'Acqua e il fuoco della disperazione sdradicarono chilometri di passato e passi di futuro. Neanche la loro amicizia sopravvisse a tale devastazione.

Lucrezia le scrisse un'ultima lettera in cui le chiedeva di non scriverle più. Le era insopportabile la vita e tutto quello che ne riecheggiava il suo passato.

Era stato un dono la loro amicizia che la portava ad elaborare e a gestire sentimenti che non era più in grado di nominare.

Anche Valentina dovette elaborare un lutto. Per lei perdere quell'amicizia rappresentò un vero e proprio lutto, un'improvvisa dipartita, ma rispettò la volontà di Lucrezia e non le inviò più lettere.

Guarda Gionatan.

Per chi sono quelle lettere?

Per tua madre.

Valentina aveva tra le mani centinaia di lettere che non aveva mai inviato a Lucrezia ma che aveva continuato a scriverle. Avrebbe voluto continuare a raccontarle della sua libreria "Parole e vento", del suo caleidoscopico universo e di tutti quei profili che attraversavano la tela della sua umanità sconvolta e ritrovata.

E ora aveva scoperto che a quel mondo apparteneva anche suo figlio, "il sopravvissuto", suo malgrado.

Valentina cominciò ad aprirne una e a leggerla.

"Lucrezia, il tuo dolore è il mio. Avrei voluto starti vicino ma rispetto il tuo cuore rotto e ne raccolgo i pezzi in silenzio. Volevo sapessi che Macbeth non ci tormenta più.Tu sei stata il coraggio che non avevo, la mia ancora nella tempesta perfetta di un'esistenza traballante. Mi manchi amica mia… Se puoi abbi cura di te…"

Per Gionatan scoprire quelle pagine intrise di parole inconfessabili, viaggiatrici clandestine che avevano attraversato il tempo e le stagioni della vita, fu un disvelamento non richiesto ma inconsciamente cercato. Gli sembrò come se una botola, una porta nascosta si spalancassero per lui. E questa volta non per inghiottirlo, fagocitarlo, murarlo vivo ma per accoglierlo, ospitarlo, amarlo, nutrirlo, dargli fiducia, dargli un senso, difenderlo.

La madre nel suo devastante dolore lo accusava della tragica morte del fratellino, di essergli sopravvissuto. Sarebbe potuto essere più attento? Tenergli la mano più forte?

Proteggerlo col suo corpo? Anche la sua vita gli era insopportabile, ma non rinunciò a viverla, apparentemente.

Confrontarsi con qualcuno che conosceva Lucrezia, prima della morte di Nico, significava quasi provare una solitudine meno feroce, meno ringhiosa, meno iraconda.

Perché Macbeth si chiedeva fra sé?
E prima ancora che finisse il pensiero, Valentina, gli regalò un altro minante segreto.
Sai chi è Macbeth?
E' il padre di Sara. Fra me e Lucrezia c'era un fraseggio scandito da alcune opere letterarie.

Quindi è quel Macbeth, la tragedia shakespeariana, ne dedusse Gionatan.

Sì. "Date al dolore la parola; il dolore che non parla, sussurra al cuore oppresso e gli dice di spezzarsi". Atto IV scena III, disse quasi declamando.

Poi la sua voce si infranse, si ruppe, come un bicchiere di cristallo che scivola tra le mani. Gionatan, tua madre è stata la mia parola, e mi manca l'alfabeto di quella voce, la sua grafia, il suo suono."

Anche a me, Valentina. Giorno dopo giorno mamma si è spenta, accartocciata, annichilita, abbarbicata al suo dolore. La sua eco si è ammutolita, lasciandomi solo e triste.
Forse ora sei tu la mia voce, che ha dato eco anche alla sua.
Sai Valentina, non avevo mai avuto il coraggio, non avevo mai tro-vato il tempo morale, finora, di ripercorrere a ritroso i passi del mio dolore, mai.

Abbarbagliata Valentina, si accorse che avrebbe dovuto serbare quella zampillante confessione, tesoreggiarla, non coprire i suoi sensibili occhi. Il suo cuore avrebbe dovuto ricordare. E lo fece, il suo cuore prese appunti.

Gionatan passò la notte a leggere quelle lettere recapitate ad un cuore senza casa, e ad una casa senza più cuore.

Si chiedeva se quello fosse solo un innocente dono che gli stava facendo la vita o una ragnatela che gli stava intrappolando l'anima. E se lo chiedeva perché, nonostante tutto, continuava a sentirsi turbato, e non appagato, placato.

Un pensiero lo assalì, come un ladro in una via buia e lo trascinò davanti alla necessità di chiedere conto della sua inquietudine. Un sospetto atroce e invadente lo tormentava.

Macbeth conosceva Lucrezia? Era potuto venire in qualche modo a conoscenza della presenza di quella donna nella loro vita? Se non fosse stato per lei, probabilmente,Valentina non avrebbe trovato la forza di ribellarsi, di evadere.

Evasione! 'L'uomo dei muri' conosceva il valore della libertà.
Lui incatenato al disperato e pervicace dono della vita, che suo malgrado, amava, imprescindibilmente.

Ecco ora si trovava davanti ad un altro bivio. Era già successo, affacciandosi alla vetrata del suo studio. Da lì era cominciato tutto. Si chiedeva se fosse giusto, ragionevole, umanamente percorribile, innescare in Valentina il dubbio, l'atroce dubbio.

Gionatan non ricordava molto dello schianto. Le voci, le grida, le sirene, i pianti, il sangue, copioso, che scorreva sul suo bel viso, mischiandosi alla paura, alla disperazione, alla polvere dei suoi pensieri.

La mattina, reduce di una notte angosciante, decise di tornare su quella strada, di ripercorrerla. Ora, però, era motivato, non si sentiva più liso. Si ricordò che qualche metro più in là dal luogo dell' impatto, c'era un muretto su cui era leggibile una M.

Molti anni prima, quando ritornò sul luogo dell'incidente, con i genitori, aveva notato quella M su quel muretto. Ma non gli aveva dato alcun significato. Ora c'era qualcosa di spaventosamente inquietante, quasi una traccia. Pensò, M come Macbeth.

Doveva capire di chi era quell'automobile. Doveva capirlo, forse anche così il suo dolore avrebbe trovato riposo. Ora ne era convinto, da qualche parte c'era un ragno, che tesseva alacremente una tela e la mosca era lui.

Si fece coraggio e decise di parlare con Valentina.

Come trovare le parole? E se si fosse sbagliato? E se non ci fosse stata una relazione fra quell'uomo e la morte di Nico?

Parlare con Valentina confutò ogni dubbio e diede forma alla nebulosità del suo sospetto.

Valentina, nella foto con la mamma, dove eravate?
Davanti alla mia casa, dove abitavo con lui.
Chi era il proprietario di quella macchina parcheggiata? Era sua?
Sì. Perché me lo chiedi?
Forse il remoto Gionatan non si sarebbe fatto tanti scrupoli.
Otteneva sempre quello che voleva, senza troppi dilemmi, ma quello in divenire, sì.

E se i suoi pensieri non fossero stati solo elucubrazioni prodotte dal suo tormento? La vita gli stava di nuovo ripresentando Valentina? In quali vesti? Tutto iniziava e finiva con lei? E forse, le avrebbe voluto meno bene? L'avrebbe odiata? L'avrebbe persa? E se suo fratello fosse morto per una vendetta, per distruggere Lucrezia? Se non fosse stato un incidente ma un omicidio premeditato?

Se il tempo con Valentina, era un tempo artigiano, avrebbe usato con maestria gli strumenti necessari per arrivare alla verità. Questo significava che non era colpa sua, che tutta quella colpa che lo aveva attanagliato per anni, si traduceva in una lucida volontà di uccidere.

Stanco, congedò i suoi scoscesi e ripidi pensieri che avevano lasciato Valentina troppo sola in quella stanza ad aspettare una risposta ai suoi perché e risalì tenacemente il filo delle parole.

Curiosità, solo curiosità. Dai Valentina usciamo. I nostri amici ci aspettano.

Valentina lo assecondò rispettosamente, aveva imparato il tempo dell'oscillazione. Quel tempo in cui le cose prendono fiato alla ricerca della loro stabilità.

Capitolo 10

Fiori

L'assassino poteva aver lasciato qualche altra traccia?

E soprattutto conosceva Lucrezia? Questa era la domanda fondamentale che pretendeva una risposta.

Valentina, parlami un po' di te e di mamma. Vi siete mai incontrate in presenza di M ?

No! Il giorno della foto, io ero certa che non potesse vederci. Era in aeroporto per un importante viaggio d'affari. Lui viaggiava spesso per affari. Per questo ho invitato Lucrezia a casa.

E tu, scusami, ma ho bisogno di saperlo, sei davvero sicura che lui non conoscesse mia madre? Non leggesse le vostre lettere? Non lo abbia mai fatto? Non sapesse di lei, di noi?

In tutti questi anni ho avuto solo una volta un sospetto. Prendevo sempre io la posta, ero molto attenta nel farlo. Ma un giorno, tornando a casa, infilai la lettera nella tasca della giacca e non feci in tempo a nasconderla, perché Sara mi chiamò, aveva bisogno di me.

Proprio quel giorno, lui rientrò prima da uno dei suoi viaggi e io me lo trovai davanti, all'improvviso. Credo l'abbia vista spuntare dalla tasca. Non so da quanto tempo fosse rientrato o se abbia fatto in tempo a leggerla. Io ho avuto solo quel sospetto, solo quella volta.

Valentina lo raccontò, tutto d'un fiato, tutto d'un fiato. Come se la repentinità di quella narrazione potesse fugare l'immanente presenza di quel frangente tormentoso.

Poi riprendendo le forze e facendo appello a tutta la sua nobiltà, riprese il doloroso racconto.

Il solo pensiero che avesse potuto leggerla mi atterrì.
Ne parlai a Lucrezia, ma lei mi tranquillizzò. Lui, comunque, non fece mai alcun accenno a Lucrezia, mai.

Ora, però, mi devi dire la verità, Gionatan. Devi dirmi la verità. Ho aspettato che tu fossi pronto. Ma ora, ho bisogno di capire, di comprendere. Lo devo a me, a Lucrezia. Mi hai chiesto della foto, della macchina, delle lettere… Perché? Cosa ti sta consumando? Cosa pensi? Cosa sta succedendo?

Ti prego un'ultima domanda, Valentina.

Va bene, dimmi.

Dopo la morte di Nico è successo qualcosa di insolito?

Fammi pensare... Nico è morto a settembre, vero?
Sì, quindi Valentina? disse tra lo sgomento e lo spasmo Gionatan.

A settembre, in libreria, mi venne recapitato un mazzo di fiori con un biglietto.

Cosa c'è di strano in questo? Poteva essere un ammiratore, un cliente affezionato.

Il biglietto, il biglietto era strano, inquietante. C'era scritto: "I tuoi fiori preferiti. Il profumo della libertà."

Ma quelli non erano i miei fiori preferiti. E non ho mai compreso quel messaggio.

Che fiori erano Valentina? Le calle?
Sì. I fiori preferiti di Lucrezia.
I fiori preferiti di mia madre!
Gionatan, chiuse entrambi i pugni, poi scosse la testa, sospirò e si avvicinò sconvolto alla vetrata in cerca di aria.

Gionatan che succede? Mi stai spaventando. Non ti ho mai visto così scosso. Che succede?

Ti prego, Valentina, abbi fiducia in me.
Valentina si avvicinò alla vetrata e con tutta la grazia che le apparteneva, riprese il suo inesorabile epilogo.

Al momento pensai ad uno sbaglio, ad uno scherzo…
E poi? E' doloroso per entrambi, ma è necessario Valentina.

E poi, c'era un biglietto come ti dicevo. Ma il modo in cui era scritto… aveva qualcosa di familiare.

La grafia?
No, l' avrei riconosciuta. Era scritto in rosso, con una matita rossa.

Gionatan, si mise le mani sul viso e si inginocchiò a terra. Poi si alzò e in preda alle vertigini si diresse alla sua scrivania e disse: "Con una matita come questa?"

Sì, Gionatan.
Tu sai chi usava una matita come questa?

Nico, il piccolo Nico, disse Valentina con la voce rotta dal pianto. La tua mamma, nelle sue lettere, vi descriveva nei dettagli. Mi parlava di te, di Nico e della sua amata matita rossa sempre perfettamente temperata. E scoppiò a piangere.

Non è possibile, disse singhiozzando, tu pensi che Macbeth
c'entri qualcosa con la morte di Nico? Pensi questo? Io, non avevo capito che quei fiori li avessi mandati lui. Avevo cambiato città, avevo cambiato regione. Nessuno, del mio passato, sapeva dov'ero. Lo sapeva solo Lucrezia. Come ha fatto a trovarmi? A sapere dove vivevo, io non capisco... No, dimmi che non è vero. Non può essere vero. Nico è morto per colpa mia, per salvare noi. Lucrezia ha perso suo figlio. Tu hai perso tuo fratello. E poi lo strazio di tuo padre... E' colpa mia, è solo colpa mia. Se non ci fossimo conosciute forse ora...Nico, il piccolo Nico.
Gionatan era abbaccinato da quella rovente verità.

Si sentì rosicchiare il cuore, come se fosse abitato, popolato da migliaia di topi. Non era preparato ad un epilogo così spaventoso. In realtà, non immaginava neanche potesse esserci una storia così turpe da sopportare. Nico era stato ucciso! La sua vita travolta dalla vendetta, dall'odio, dalla malvagità, dall'ossessione del possesso.

Cosa sarebbe sopravvissuto ora? Quella verità avrebbe seppellitto l'amicizia, l'amore, la speranza?

Gionatan avrebbe voluto consolare il cuore di Valentina. Ma non c'erano parole che potessero colmare quello strazio. Riuscì anche questa volta a fare un unico gesto. Piangere con lei.

Capitolo 11

Sirene: Il tempo dell'innocenza

Ci sono strappi nella vita di ognuno di noi che attendono risposte. Risposte come fossero passeggeri alla piccola stazione di un treno, sempre troppo in ritardo per arrivare in tempo all'appuntamento con la vita.

Ma, a volte, quando queste risposte arrivano, avremmo preferito che il treno avesse ritardato ancora un pò. Non eravamo pronti a salire. Ma l'abbiamo fatto e abbiamo proseguito il viaggio.

Era proprio così che si sentiva Gionatan. Ma c'era un padosso che lo perseguitava. Non era ferrato per le domande.

Non se le voleva porre. E adesso da quello stridore di freni, al di là di un vetro, si era ritrovato a ricevere risposte, non cercate, che avevano frantumato la sua vita al di qua del vetro.

Era arrabbiato, scioccato, quasi pentito di essersi affacciato, che quei rumori lo avessero attratto. Come sirene omeriche lo avevano trascinato in quella tempesta di sangue, buio bugie, morte, disruzione. Non era in grado di gestire la verità, la nettezza accecante di una morte violenta.

Sentì il bisogno di confrontarsi con Marco e Luana. Gli raccontò di come quei sospetti avessero presero forma, per poi diventare indizi, prove, inesorabili certezze.

Marco gli consigliò di cercare un supporto psicologico.

Questo gli permise di sbloccare i ricordi. Si ricordò di uno stemma sull'automobile e Valentina gli confermò che quello stemma era dell'automobile del marito. Luana lo sostenne, lo ascoltò, semplicemente lo amò. Non voleva perderlo, ancora.

Il senso di colpa attanagliava, consumava, stravolgeva Valentina. Fra tutte le tempeste, questa era la peggiore, la più devastante. Perdere la mamma da piccolina, l'aveva fatta crescere a contatto col dolore, ma la presenza del papà, era sempre stata per lei, consolazione, gioia, cura, appartenenza.

Era insopportabile scoprire che la vita di Nico era stato il prezzo per la sua libertà e per quella di Sara. Due bambini: uno sacrificato sull'altare della vendetta, l'altro risparmiato. Tutto questo era terribile! Inumano!

Il disvelamento di quell'omicidio portò giorni carichi di plumbeo dolore. Il passato, il mefitico artiglio della violenza, volava sulle loro teste come un avvoltoio sulla preda. La loro amicizia sarebbe diventata una carcassa? Lo avrebbero permesso?
Se quell'amicizia fosse diventata una carcassa, non avrebbe, forse, vinto di nuovo il male sul bene?

Un pomeriggio, decisero di incontrarsi. Ora all'appello della vita, rispondevano un uomo e una donna provati, feriti, trafitti ma liberi. Liberi di scegliere come usare quella libertà. I loro respiri erano affannosi. I loro passi più lenti. I loro sguardi si incrociarono per qualche minuto e fu in quel momento che decisero che il male non avrebbe inquinato la purezza della loro amicizia. E fu in quel momento che stabilirono che la verità, con tutta la veemenza con la quale era entrata, avrebbe preso il posto della colpa.

Forse, pensarono, non era troppo tardi neanche per Lucrezia e Valentina. Forse le parole potevano ancora avere voce e delineare fili e profili. Questo pensiero che li accomunava, li fece sentire grati. Gli fece provare una nuova, inattesa ma gravida felicità.

Capitolo 12

Ruggine: il tempo della cura

L'effetto di un cuore ossidato, arrugginito può essere devastante, perfino pericoloso a contatto con altri cuori. Ma il processo che l'ha reso tale necessita di tutto l'amore possibile per guarirlo. C'era ancora il tempo per guarirlo? Non c'era più tempo per chiederselo.

Il tempo passato in macchina con Gionatan, per raggiungere l'agriturismo, fu un tempo infinito lasciato alla forza di quei silenzi fatti di consapevolezza e di possibilità.

I sentimenti in Valentina convivevano in modo contrastante, rollando sulla mente ghiacciata, costipando il respiro che si faceva sempre più latitante, mentre si avvicinava al momento della verità.

Come avrebbe reagito Lucrezia? Entrando nel salone Lucrezia trovò Gionatan in piedi e seduta sul divano una figura femminile che avrebbe fatto fatica a riconoscere, se non fosse stato per un particolare che racchiudeva un altro segreto:
una conferma d'amore.

Valentina, prima di far chiamare Lucrezia, fece un gesto che lasciò attonito anche Gionatan. Aprì la sua borsetta nera lucida che brillava al sole, ripiegò il suo foulard di seta grigio perla che avvolgeva il suo collo e prese una scatolina dalla quale estrasse una boccetta di profumo. Ne lasciò sprigionare nella stanza la fragranza. Quel profumo le riportò a 40 anni prima.

Lucrezia lo aveva regalato a Valentina, in uno dei loro incontri. E Valentina per tutto quel tempo aveva continuato ad usarlo. Forse, il suo cuore come un cane da caccia, andava ancora alla ricerca delle tracce di quell'amicizia. I sensi erano allertati, in particolare quello dell'olfatto, anche se le donne che si ritrovavano non erano più delle trentenni ma delle donne segnate dal tempo ma non sfigurate.

Lucrezia abbracciò Gionatan, gli fece una carezza sul volto e poi gli sussurrò teneramente all'orecchio: "grazie!"

Poi si sedette accanto a Valentina, senza dire una parola, cercò la sua mano e la strinse, entrambe si girarono, si guardarono negli occhi e scoppiarono a piangere.

Lucrezia si alzò, si diresse verso il sécretaire, aprì un casseto e prese una scatola. Raggiunse Valentina, che la seguiva con lo sguardo, aprì la scatola e dalla scatola tirò fuori centinaie di lettere indirizzate a Valentina, ma mai spedite.

Ricominciarono da dove avevano lasciato. La saggezza del tempo avrebbe rivelato l' osmotica opportunità della verità, ora era il tempo della cura.

Gionatan le guardava. Le labbra del suo cuore sorridevano. Per la prima volta, non si sentì un cappotto in piena estate. Ma un uomo corrispondente, aderente, adeguato: i suoi sentimenti erano coerenti al tempo della vita non antagonisti, raminghi, fuori luogo, incauti, incompresi, naufraghi, inospitali, inadatti.

Provava, sentiva, viveva emozioni corali non più invadenti assoli. Mentre le guardava pensava che quel rinascimento, quella rifioritura erano il risultato del coraggio, dell'amore, del desiderio, del perdono, del suono dei suoi pensieri, cari, e non solo di quello degli altri.

Macbeth aveva fatto perdere tutte le tracce...

Intanto qualcuno da una delle stanze dell'agriturismo, inviò un'e-mail.

'Macbeth sei stato smascherato. La profonda notte, quasi perfetta, rischiara'.

La fine di quella giornata trovò Gionatan stanco, provato, intimamente commosso, profondamente felice. La sua coscienza stava risalendo faticosamente dall'abisso e arrampicandosi sulle pareti lisce del suo cuore, cercava affannosamente aria, aria pura, che permettesse ai suoi ricordi di respirare, finalmente.

Nella sua rinascita si accorse che il senso della vita non era solo stretto fra le mani, la matita rossa, ma che il senso della vita andava tratteggiato, sottolineato, delineato ogni giorno. Anche lui meritava un futuro, non era inetto alla speranza, non era inetto all'amore, non era inetto alla gioia, ora non più.

Si sedette alla scrivania prese la matita rossa e la mise nel cassetto. Poi con un gesto delicato prese la foto dei suoi nuovi amici e la mise sulla scrivania accanto a quella di Luana.
Poi guardò la foto di Nico e sorrise. Si avvicinò piano alla vetrata da cui tutto era iniziato. Il traffico scorreva normalmente, la gente usciva dal supermercato, i bambini giocavano nel parco, sulla panchina un bambino mangiava il gelato con la mamma.

Il citofono suonò. Era Luana. La vita lo aspettava. Indossò il suo cappotto nero e uscirono lui e l'amore.

Indice

Youcanprint
Finito di stampare nel mese di Novembre 2022